KB168610

착한 미소

황금알 시인선 45

착한 미소

초판인쇄일 | 2011년 8월 25일
초판발행일 | 2011년 9월 9일

지은이 | 송명진
펴낸곳 | 도서출판 황금알
펴낸이 | 金永馥
선정위원 | 마종기 · 유안진 · 이수익
주 간 | 김영탁
디자인실장 | 조경숙
제작진행 | 칼라박스
주 소 | 110-510 서울시 종로구 동숭동 201-14 청기와빌라2차 104호
물류센타(직송 · 반품) | 100-272 서울시 중구 필동2가 124-6 1F
전 화 | 02)2275-9171
팩 스 | 02)2275-9172
이메일 | tibet21@hanmail.net
홈페이지 | http://goldegg21.com
출판등록 | 2003년 03월 26일(제300-2003-230호)

값 8,000원

ISBN 978-89-91601-06-2-03810

착한 미소

송명진 유고시집

황금알

송명진 시인 추모, 유고시집을 헌정하며

진눈깨비 흩뿌리던 2010년 1월 9일 밤, 서울대학병원 장례식장 13호실 영안실에는, 짓궂은 날씨에도 아랑곳없이 눈에 띄게 많은 시인들이 모여들었습니다. 다소 무뚝뚝한 표정으로 웃고 계신 선생의 영정 앞에 모여 앉은 우리들은 고인을 추모하는 시제詩祭를 올렸습니다.

돌아돌아 '착한 미소'로
돌아돌아 연초록 진실과 더불어 청렴한 청학처럼
돌아돌아 반천 년의 침묵만을 남기시고 훌쩍
떠나신 척송 송명진 선생님,

우리가 척송尺松 송명진 선생을 잊지 못하는 것은 그가 비워두고 간 안타까운 생애의 흔적이 가슴 저리게 아름다운 울림으로 남아있기 때문입니다. 선생은 당신의 육신이 나날이 피폐해져가는 것도 괘념치 않고 오로지 문화예술 창달에 혼신의 정열을 쏟아 붓다가 63세를 일기로 어이없이 소천 하셨습니다.

일찍이 도서출판『혜화당』을 기반으로 필생 숙원인 격

월간 종합문예지 『정신과표현』을 창간, 시를 중심에 둔 그림과 음악, 춤, 연극, 영화와 공연예술에 이르기까지 이 나라의 예술 전반을 시에 접목시켜 차원 높은 출판예술로 격상시키려던 당신의 의지는 남달랐습니다.

덕분에 『정신과표현』은 고유의 종합예술지로서 파격적인 디자인에 독특한 편집체계라는 문단의 평가를 받았지만 그에 대한 명성이 곧 안락한 생활을 보장하지는 않았지요.

선생이 이처럼 인접예술과의 연대를 탐구, 사회 전반에 예술의 향기를 진작시키려고 헌신할수록, 돌아오는 것은 가난과 절망뿐이었습니다.

생명이 점멸해가는 투병의 와중에도 선생은 오로지 『정신과표현』 만을 생각, 서거 직전 꼭 사흘 전에도 통권 76호의 병상 편집회의를 주재, 편집교정을 직접 확인하신 뒤에야 안심하고 영면에 드신 것입니다.

금년 1월 8일 선생의 1주기를 맞아 『정신과표현』을 인연으로 만난 시인 몇몇이 선생의 묘소가 있는 여수에서 추모시집 헌정을 발의하였습니다. 여수의 신병은 시인께서 유고작품 정리를 맡아주시겠다고 솔선해주신 덕분에 급물살을 탔고 곧바로 옛『정신과표현』을 아끼던 시인들께 그 뜻이 전달되었습니다. 그런데 놀랍게도 추모시집 헌정에 관한 내용을 발송하자마자 불과 한 달 남짓 사이에 30여명의 시인들이 선뜻 출판후원금을 보내왔고 급기야 총 40명에 이르는 시인들이 십시일반, 시집헌정 출판비용을 출연했습니다.

우리는 아직도 이렇게『정신과표현』을 떠나지 않았습니다
선생님이 남기신 발자국 위에 쌓인 눈이 녹아
새싹 푸른 봄을 맞듯이 당신의「착한 미소」뒤에 우리가 남아
당신의 숭고한 미소를 이어가겠습니다

선생은 출판물 자체를 예술품으로 만드는 천직에 계셨지만 당신을 위해서는 단 한 권의 저작 저술도 책으로 찍어내지 않으셨습니다. 격월간『정신과표현』13년간, 수천 명에 달하는 문사의 이름을 올렸으나 정작 당신의

작품을 싣는 데는 인색했습니다.

도서출판『혜화당』과 문예지『정신과표현』의 푸르렀던 날들은 선생과 더불어 대가없이 흘러갔습니다. 참으로 허탈하게 우리는 당신의 뒤에 남아 이렇게나마 추모시집을 헌정하게 되어 마음의 위안을 얻습니다. 선생님께 존경과 사랑을 바칩니다.

2011년 8월

고경숙 권정일 권현형 고명수 김금용 김박은경 김백겸 김승기
김영찬 김영탁 김종태 김지순 김추인 김현식 김혜경 박수현
박유라 박해림 송계헌 신병은 오한욱 우동식 유정이 윤향기
이동재 이원희 이화영 임호상 임희숙 전건호 정숙자 정재분
정하해 정한희 최영규 최정란 최춘희 한소운 한정원 황정산
40인 드림

그림 김천정 화백

| 시인의 말 |

기교에 구속되지 않고 평범한 모티브, 멋 내지 않은 테마로부터 시적 자아를 발견하고 싶다.

흔히 우리가 자주 입에 올리는 인간적인, 그 인간적인 내면이 줄곧 형성화로 이어지는 자연스러운 흐름의 작업에 고뇌한다.

삶의 비극적 상황에서 새로운 지층을 발굴하는 소시민적인 의미와 목가적인 서정성의 세계에 참으로 인간의 숨결을 불어넣는다.

시는 일상의 리얼한 체취를 현실 앞에 내보이는 찌꺼기 없는 순수를 열망한다.

시작노트에서

차 례

1부 착한 미소

2부 봄꿈

3부 무등산에 와서

1부

착한 미소

부엽腐葉

섬유질 앙상한 상처만 남은 저더러 어찌 세월의 앙금을 지우라고만 하는지요 상처 난 얼굴로 야위어 가는 저더러 왜 자꾸만 부서지라고만 하는지요 부서진 한쪽마저 버리고 조용히 떠나라고만 하는지요

그렇잖아도 혼자 바람 든 아픈 속을 다독이며

여기 나는 생전에 바람, 햇살에게 빌어 먹다 비참하게 죽었다고

오늘, 단 한 번 정직한 묘비명을 썼는데

겨울에서 봄

햇살이 겨울바다를 거실 한가운 데까지 실어나른다
거실을 성큼성큼 걸어다니다 난분의 잎새를 사각형의 그림액자를
힐끔거리다 겨울 허전한 허리를 껴안는다
그 여자, 지난 가을 비워낸 자리마다 몇 개의 말줄임표를 달았을까 아물지 않은 상처 위로 겨울 눈빛이 형광의 지느러미를 세운다
가끔은 시도 때도 없이 추위를 타지만 야릇한 웃음꼬리 흔들며 달려오는 저 노란색 봄을 보면,
그 여자, 아랫목이 데워질 수 있을까

겨울 물러나고

겨울 물러난 자리마다
헤어지고 헐벗은 언어들,
시가 되지 못한 아픔을 바람에 걸어둔다
나를 단단하게 해준 것들을 오래오래 기억하며
정말로 쉴 틈이 없다고
되돌아볼 겨를이 없다고
혀 짧은 소리로 봄꽃이 핀다
서두르지 말자면서도 화들짝 깨어나
가벼워져야한다고
새가 되어야 한다고
스스로 사랑해야 한다고
설령 너에게는 빛이 되지 못해도
나에게는 빛이 될 수 있다고
언어가 되지 못한 몸짓들, 서둘러 몸을 열어 보인다
바람은
더 멀리 바라보게 나를 무등을 태우고 있다

착한 미소

도솔천궁이 여기 있나이다
비로자나불 석가불 노사나불 약사불 아미타불
연초록 말씀으로 진리를 깨우치면
관음자장 미소로
삼생을 살아 도솔천에 닿기까지 오랜 기쁨입니다

돌아돌아 나무였다면 연초록 진리였을 것이고
돌아돌아 바람이었다면 유혹의 바람이었을 것이고
돌아돌아 소문이었다면 반 천 년의 묵언이었을 것입니다

돌아돌아 이리도 가벼운 존재, 그게 나일 줄이야
세상사 조용히 흐르는 나무이거나 바람이거나
마음의 풍경 속 착한 미소 되어
마음의 휑한 곳 죽비 내립니다

흔들리다

제 쪽을 닫고 너에게로 가는 길을 여는 것이리라
가슴 맞댄 아침을 위해 어둠 몇 잎 허공에 띄우는 일이리라
저를 버린 자리에 제 스스로 흘러드는 즐거움이리라
맑아지기 위해 중심을 내린 휴식이리라
그것은, 떨림이 아니라
이유도 없이 흥건해지는 바람의 건드림이리라
달려가 닿고 싶은 짧고 긴 여운이리라

그리움의 무게

나의 어느 길로 왔는지를 알지 못한다
그처럼 신선한 바람 한 올 어떻게 내게 왔는가를 알지 못한다
명치 끝에 머물던 아릿한 기억 속의 풍경으로
비로소 네게 가던 날,
바라만 보던 눈길이 이렇게 가슴 터질 듯 설렐 수 있구나
마음에 마음을 포개어도 이렇게 가벼울 수 있구나

숲의 마을

숲의 마을,
작은 길에 바람이 분다
먼지 많은 골목을 돌아
속된 것들 죄다 데려와도
숲은 괜찮다고 괜찮다고
때 낀 그리움도
끝내 거르고 걸러
스스로 바람이 되어
바람기를 재운다
늘 조용한 숲의 마을
별들이 내려와 잠들다
어둠 걷어 올리는
아침,
나무와 풀 위
바람 몇 올 햇살로 웃고 있다

쉰을 넘으니

'풍치가 왔습니다'
'노안이 왔지요'
'이명 현상이구요'
하루가 멀다 하고 소문으로 떠돌던 말이 내게로 돌아옵니다
'자네도 이제 볼 만큼만 보고 먹을 만큼만 먹고 들을 만큼만 듣게나'
'더 이상은 안 되네'
쉰 고개를 넘어 다시 꺾여 도는 길목에서 하늘의 뜻을 만납니다
'자네 이제는 귀도 닫고 눈도 닫고 입도 모두 닫으시게'
들으면 참 가벼울 것 같은 말씀도 미리 당겨 놓습니다

비오는 날

물 속 마을에는 비맞고 추한 기억도 맑아지나 봅니다
사람들은 물 속으로 길을 내어 맑게 씻긴 풍경이 되려 물 속에 듭니다

빈 그릇

남은 것도
줄 것도
나눌 것도 없이

나는 없고
너만 있는 그 자리

욕심 없이
탈 없이
뒤집혀도 괜찮다고

허기마저
버리고
오늘에야 가벼운

이곳과 그곳

이곳은숲이고그곳은모래다
이곳은꽃이고그곳은상처다
이곳은향기고그곳은냄새다
이곳은빛나고그곳은녹슨다
이곳은비우고그곳은채운다
이곳은열리고그곳은닫힌다
이곳은환하고그곳은어둡다
이곳은몸이고그곳은말이다

이곳과 그곳이 자꾸만 멀어진다
사이를 띄운다

바람꽃

저도 바깥세상이 궁금했던 게야
그래서 그 짧은 생각으로
바람 매파를 내 세웠던 게야
너 생각은 너 가지라고
두고 보자고
더 이상은 관계하고 싶지 않았겠지만
저도 세상살이가 답답했던 게야
훌쩍 지나가는 봄을
그냥 눈뜬 채 바라보기가 민망했던 게야
바람의 솔기마다 저민 나 속의 나를
아무도 눈치채지 못하게
바람의 기슭에서 잠시 피었다 지는 게야
절대로 절대로 더는 기억하지 말라며
저를 거두어 달라는 게야

지게를 진다

가두어야 할 것 많았던 그 시절,
속박의 굴레를 시퍼렇게 시퍼렇게 베어내던
조선의 낫 끝을 기억한다
누군가 벗어놓고 간 삶의 무게
풀죽어 있던 지게 위에
나의 이 포만감을 올려놓고
오늘 내가 지고 있다
실팍했던 등짝의 훈김이 전해온다
가난한 허기를 위해 이쯤에서 또 쉬어야 할까
작대기를 짚어 내리면
옹이진 세월의 노을이 진다

아침의 생각

누가,

꽃이 피는 것을 바람이 부는 것을 풀벌레 우는 것을 나뭇잎 조잘대는 것을 그냥 버려 둔 채 오늘 아침 이 숲을 지났을까

이 모습 이대로 제자리를 지키라고

누가, 건들고 부추킨 흔적 지우며 이 숲을 지났을까

뜻을 헤아린 듯 숲길은, 여기 저기 맑은 눈망울을 굴리고 있다

봄날 풍경

고것들 참
봄날 아침 냉이꽃 작은 연초록 잎들 여린 햇살 헤집어 작은 부리로 쪼아댄다

고것들 참
숱하게 들락거리며 햇살의 물살로 튀어오르는 소리 소리 소리들

백도

왜 바람이 되고 바다가 되고 섬이 되는지를 안다
왜 바람 속에 서 있어도 자꾸만 몸이 젖는지를 안다
왜 사람들이 바람과 풀과 꽃이 바다와 섬에 갇히고 싶은지를 안다
왜 새벽이 그리도 빨리 오는지를 안다

여기서는
아직 파도의 그물망에 걸려 파닥이는 사람들이
상처 깊이 갈앉아
해무 속에 젖어드는 소리가
왜
환청이 아닌지를 안다

금이 가다

꽃잎과 꽃잎 사이의 거리다
물소리와 물소리의 틈이다
햇살과 바람이 사이든 물고 물리는 관계식이다
잠재한 힘들의 반응 속도다
큰일을 치룬 작은 것들의 아픔이다
뿌리 들지 못해 떠난 것들의 변명이다
너와 나를 끊어놓은 순간의 울림이다
툭툭 끊어진 것들이 모여든 명상이다
흘러 새어 나온 것들이 밝힌 세상이다
다 하지 못한 말의 틈새다
금간 것들이 비집고 나온 연민의 소리
쨍하는 소리의 깊이다

갈대숲에 들다

새떼들이 수면 위로 쨍하고 햇살의 금을 그으며 걷고 있다
밀물진 시간의 그늘 아래 젖은 방을 마련하고 한겹 단단한 시간을 벗겨내 눈 맑아지는 법을 안다 숨어 사는 것은 새가 아니라고
순천만 갈대숲에는 빛도 어둠도 하나 같이 귀를 쫑긋 세운다
소리 맑다
고요할수록 가벼워지는 소리의 안쪽으로 걸어 들어가는 사람들,
건너지 못한 소리의 물길 따라 날아오를 수 있을까
그러면 칠면조 낯 붉은 그대 안에 숨어사는 나도, 낡은 비유의 그림자 버리고 햇살 따스한 소리로 부화해 볼 일이다

어둠 속에 들다

오래 오래 들키고 싶지 않아 기억의 풍경을 지우는 일에 몰두했다 이글거리는 자신의 아랫목을 식히는 일이란 애초부터 소용없는 상상인지 몰라, 어둠을 밀어내면 거기 또 어둠이 웅크려 있다

문득 생각해보니 잠시 머물렀다 온 풍경은 어둠속에 더 밝아져 지워지지 않는다

하나같이 어둠이다 문을 열고 낯선 바람을 맞던 아침도 환하게 눈부시던 한낮의 밀애도 다시 터벅터벅 돌아온 저녁 풍경도 어둠의 일부였다

따사로운 햇살도 어둔 망막의 은밀한 곳을 밝히지 못한다

집

늘 고요합니다
돌아와 헐렁한 옷으로 갈아입으면 몸도 마음도 고요해
집니다
아픈 시간을 버리고 편하게 내가 깊어져갑니다
하루의 뒤에 걸린 허접한 시간도,
몸의 구석마다 열기운으로 번져 있는 소리도,
왜 내게는 하루의 정거장이 되는지 모르겠어요

집에 데려오지 못한 아픈 생각 하나
아직 문밖에 서성이고 있는데

거름을 준다

콩나물 머리, 사과 껍질, 계란 껍질, 쉬어버린 것들 함께 어깨동무 하고 나를 일으킨다
나를 지탱해온 것들도 알고 보면 욕설이며 비아냥거린 하찮은 말들, 버려진 것들이 삭고 삭아 뿌리가 되고 잎이 된 것이리라
생의 구석구석을 뒤집어 털어낸 쓸모없는 것들이 내면의 깊은 곳에 들어가 꽃이 되는 것이리라

깊숙이 들면 들수록 그 꽃들 환하다고, 오늘 내 속 깊은 곳에 잘 발효될 또 한 줌의 자조를 던진다

산은 말이 없다

간밤에 무슨 일이 일어났는지

작은 바람 한 올 귓볼을 간질이고 다녀갔는지…… 작은 풀벌레 소리에 왜 그리도 몸을 뒤척였는지…… 누가 어린 나무 한 그루 키를 세워 주었는지…… 가슴 봉긋한 그곳에 누가 다녀갔을까 고개를 가웃…… 왜 이슬 한 방울에 아랫도리가 젖었는지……

아직 오르지 못한 사람의 안에
사랑 꺼내 보여주는 산은
아무 일도 없었다는 듯이
아무 일도 없었다는 듯이
맑은 눈 하나 앞세워
뒷산을 불러 함께 바람에 기대선다

나무들의 아침은

바람이 상쾌한 아침의
나무들, 참 맑은 몸짓으로
바람 속에 몸을 맡기고 있어
나이테로 남는 나무들의 흔적
그러고 보면 흔적은
밖으로만 나는 것은 아닌가 봐
속으로 더 선명하게 남아
수없이 되뇌었던 말들을
결마다 숨겨두고 있는가 봐
나무의 아침 산책길을 걸으며
나무들의 독백을 들으면
오늘은 나도 한번 내 뜻을 잠시 접고
은근 슬쩍 문밖을 훌훌 나서고 싶어

이명耳鳴

함께 길가며
가끔 곁들의 맑은 안부를 듣고 싶어

날개 파닥거린 소리
지느러미 곧추 세운 푸념들 속에 갇혀 지내면서
생각 없이 등 굽은 흰소리까지
꽃이 될 수 있는 초록의 뿌리로 보듬는다

지금껏 잘 살았다고
바깥소리 열고
물소리 바람소리와 어울린다

조금 더 살아야겠다고
조금만 더 살아야겠다고

맨드라미

문을 닫는다

오랜 가뭄 끝 먼지 마른 마당을 가로 질러 목까지 숨이 차 열사병 붉은 피돌기로 무너지는 여름 한낮

내가 걸어온 길,

오늘도 무사히 이만큼을 살았다고 너무도 아름다운 소멸의 풍경들이 까만 씨 되어 떠나는 날,

아픔이 더할수록 세상은 왜 이리도 고요해지는 걸까

뚝뚝 관절 무너지는 소리 사방에 스며든다

아름다운 비밀
— 발아

감씨 속에 감나무가 있다
감자 속에 자주색 감자꽃이 있다
바람 속에 나무와 풀,
꽃과 새와 나비가 있다
나는 나대로 너는 너대로 고요하게
푸른 명상의 깊이로 앉아 있다

햇살이 번져 오느냐고
속 깊숙이 묻힌 그리운 소리 들리느냐고
뾰족뾰족 부리 맑은 새소리 들리느냐고
누가 삐긋이 문틈으로 아침을 밀어넣는다
햇살 그리운 아침 길을 열어 내 방을 기웃거린다

너와 나 틈새에도 비로소 푸른 꽃이 핀다

덕우리 노부부

여길 뜨면 살 수 없을 거라고
오직 한길로만
나는 것도 드는 것도 모른 채 직선으로만 살았다는
강원도 정선군 정선읍 덕우리 노부부
다시 태어나면 이렇게는 살지 않겠다며
세월의 끈 느슨하게 풀고
잇몸 허옇게 드러내 선한 웃음 날린다
뒤척이며 함께 걸어온
한 사내와 한 여자의 세월
한시도 그냥 있지 않았으리
다리 걸고 어깨 걸고 봄여름가을겨울 소곤대며
서로의 속엣말 나누며
오랜 세월 골 깊은 길을 만들었으리
눈 내려 길이 끊기면 서로에게 온기를 보냈으리
자신을 지우고 하나가 되어 외로움을 달랬으리
바람 속에 몸을 털고 산새들이 들면
서로의 깊은 곳까지 하룻밤을 허락했으리
한 사내와 한 여자,
고단한 세월을 가만히 밀어 중심을 풀고
나란히 맑아지는가 보다

길을 만나다

풀잎을 깨운다
어깨 토닥여 겨울 외투를 벗긴다
아득한 깊은 곳에서 잠자던 바람 한 점
뾰족 고갤 내민다
이제 막 묵언수도를 끝낸 노루귀
홀로 빛나는 첫 말씀

앞길 창창한 아침이 정수리에 든다

바깥 이야기

누군가는 일상인 게야
하품을 하고 누군가는 자전거를 타고 누군가는 피아노를 치고 누군가는 사랑을 하고 누군가는 커피를 마시고 누군가는 노래하고 누군가는 따뜻하고

누군가는 봄인 게야
숨 가쁘게 골목을 돌아온 햇살로 서고, 꿈결 같은 바람이 불고, 씀바귀 노란 꽃술이 열리고, 착한 나무잎이 송글송글 피어나, 한결같이 포르르 포르르 푸른 언어를 날리며 아름다운 수작을 걸고……

누군가는 그리움인 게야
향기로운 상처 동여매고 문밖에 서성이다 끝내 발소리 죽여 돌아서는 식구들의 기다림이 되고, 뒷모습 아득히 어둠 속 몰래몰래 상처의 담금질이 되고

그래서 또 누군가는 아픈 게야
아플수록 오래 따뜻해진 기억들 곱게곱게 노을로 번져도 더 이상 내 바깥의 안부는 숲속 편안히 날아 들 수가

없어
 열려 있어도 늘 그리움인 내 바깥은 설마 착한 바람이었다고 말하지 못하겠어

나무 허물 벗다

떨어낸 껍질에 연초록 향기가 묻어 있다
나무는 제 속을 단단히 묶어 솔기마다 옹이를 만들고 허공의 높이마다 단단한 길을 만들다 가끔 견뎌낸 따뜻한 약속을 깨고 툭툭 풍경 밖으로 저를 던지며 제 아픈 가장자리를 매만졌다
나무의 진실은 허물을 벗어 무늬를 만드는 일,
한때 뿌리였을지도 모를 제 오랜 기억을 갉아 스스로 깊어지는 것이다

벗겨진 그리움의 진한 향이 안으로 비집고 들어온다

시를 쓰다

오후 나른한 시간
의자를 뒤로 젖혀 식탐息貪을 한다
눈앞에 펼쳐놓은 미색의 원고지엔
반사된 햇살이 잠시 기웃거리다 사라진다
새우등 웅크려 누운 열사의 언덕
목도리 도마뱀이
그늘 한 점 없이 선인장 아래
목마른 언어 뒤적이며,
팔자걸음으로 뒤뚱거린다

벽이다
떨어지지 않으려 애를 쓴다
스스로 눈이 감긴다

비밀의 방

무척이나 답답했나 보다

단 하루만에 씨눈을 뜬 성질 급한 몇몇과 아직 기미조차보이지 않는 연민까지 인큐베이터 안이 수런댄다

바람과 햇살의 방이었을지도 모를 눈뜨는 연노랑의 언어들, 드디어 바람과 햇살이 숨겨놓은 길을 찾았는가 보다

닫혔던 기억의 껍질을 홀라당 벗어던지고 톡톡 생명의 숨결을 풀어놓고 있다

철없는 놈들, 뼛속 깊이 있는 그리움의 발아를 견디다 못한 언어의 관절이 얼마큼의 아픔을 동행해 줄지 모르고 주황빛 작고 깜찍한 꽃을 생각한다

아마도 꽃 진 자리 마다 디딤돌을 놓고 조용히 조용히 발을 내디딜까 결 고운 발길로 제 방을 만들고 조용히 저를 내려놓는 날이면 땅 속 깊이까지 통했던 아련한 그리움을 거기 다시 내려놓을까

그때는 아마 아픈 기억들 향기될까

휴식

바다로부터 파도로부터 물길의 유영으로부터
넓이로부터 빠져나와
선소 옆 작은 도랑에 기거하는 작은 게 한 마리

도심으로부터 빌딩 숲으로부터 속도로부터
깊이로부터 빠져나와
선소 옆 고목나무 밑둥에 터 잡은 바람 한 점

식구들로부터 일상으로부터 시로부터
권태로부터 빠져나와
선소 옆 돌벅수에 기대 선 나의 오후

실로 우연찮게
한 때 한 곳에서
내가 되고 너가 된 한 생의 깊이란
소호 가장자리에 방류된 퇴행성 존재의 그림자일 뿐이다

이제 나도 좀 쉬어야겠지

벼랑의 끝

소나무 한 그루 벼랑에서 바람의 현기증을 단련한다
새의 날개짓에도 이슬 한 방울의 무게에 몸이 기우뚱할 때도
소나무는 바위 틈새 아찔하게 뿌리내려 허공의 위태로움에 저를 맡긴다
거기서는 내려가는 길이 더 힘들다고 기댈 것이라곤 아무것도 없는 오직 오르는 길이 더 수월하다고 벼랑 끝 소나무는
스스로 견고한 하늘 길을 낸다
시선 끝에 내린 실뿌리, 바람의 현기증에 길든다

2부

봄꿈

심심하다

요즘 어때?
－늘 그렇지 뭐
너는?
－나도 그래

할 일을 다한 사람들이 갖는 싱거운 푸념이 아니다
할 일을 다한 후 입맛을 돋우는 세치 마음의 귀향을 위한
풀어지고 풀어진 빛나는 여백이다
잠시 동안 비쳐내는 내 맑은 바람기의 속내다
팔을 흔들고 엉덩이를 흔들고 펄쩍펄쩍 뛰어다니면서 시끄럽고 소란스럽게 살아내기 위한 잠시 동안의 침묵이다

들꽃

그렇고 그런 세상
그렇게

있는 모습 그대로
봐주든 말든

혼자서 피고
혼자서 지는

하얀 날
그냥 가끔 눈물이 나

환한 어둠

환승할 역을 지나쳤나 봐
꿀벌 한 마리
해질녘 베란다 화단을 거닐고 있어
단풍든 수국잎이며 핏기 잃은 과꽃이며
때늦은 꽃잎을 어슬렁대고 있어
해 그림자 사라지고 있는데도 바쁘지 않나 봐
그도 그럴 것이, 봉숭화 꽃잎 열고
분분히 시선을 잡아끌기 때문인가 봐
길이 멀어 마지못해
오늘은 여기서 하룻밤을 묵을 작정인가 봐
날개짓을 접고 몸을 자꾸 낮추는 것이
밤을 기다리나 봐
어둠의 잠옷을 입는가 봐
수런수런 베란다 술렁대고 있는데도
부끄럽지 않은가 봐
속에서는 어둠도 환한가 봐

풀들의 노래 1

빗장을 따고
푸른 비늘을 세우는
풀

바람 끝에서
깊디깊은 숨 거머쥐고
알몸이라도 달빛에 흐느껴 운다

저 깊은 강
뿌리에다 대고
돌로 주저앉고 싶어

뻐꾸기의 울음으로 띄우는
이 신열
언제 하늘이 열리는가

팔을 뻗쳐
불로 번지는 골짝을
내 노래로 덮으리

풀들의 노래 2

겨울이 끝나는 모서리에
은날처럼 일어서는 소리가 있다
아린 뼈 속의 바람으로
실팍한 목숨을 물려
눈물 고인 얼굴로 부르는 노래가 있다

무릎을 일으키는
저 가까운 목숨들
깊은 땅의 숨소리를 얻어
먹구름의 하늘로 열어젖히고
미어지게 쫓겨나던 새떼도
쩡쩡
돌비알을 돌이켜 앉히는
흔들어제끼는 소리가 있다

아직은 허기진 어깨
마디마디 주름을 접어
살비듬 터는 흐린 눈빛이지만
바위에 부딪는 파도처럼

퍼렇게 되살아나
볕살 잘 흐르는 땅에
아이들의 노래를 켜고 있다

욕망의 빗장을 푸는
뭉그러진 열 손가락
숭얼숭얼
저녁 등같이 고갤 저으며
골 깊은 산을 바라보고 섰다

꽃 1

네게
어깨 나직히
목례하고 싶다
바보도
죄인도
네 앞에서
순해지는 것
그리울 때 그리워하지
기쁠 때 기뻐하지
바람 가슴을 씻고
다소곳한 그리움
너를 안으면
반가워서
못 견디리

꽃 2

오늘은
구름의 집에서
귀를 열고
눈을 씻고
땅의
바람소리 물소리
고요히 읽다
저 노을 끝에
사다리를 걸었습니다

달 1

어머니
전생 숨결같이

뒤란 물레
희잣에 뜬다

외가락 한 타래
세월로 감겨서,

달 그리메
젖은 밤마다

저 골 깊은
산

허릿길
울며 울며
넘는다

달 2

달은 또
쑥대 숲 불망으로 가서

빗나간 오발탄에
맞아 죽은 순이네 아부지
무덤 안에 들어가서

땅을 치고
가슴을 치고
진물은 두 눈 감고 나와서

미친 세상 아니 보게
다시는 아니 보게
등만 남기고 가면서……

봄꿈

잦은 꿈이
비좁은 화분
실팍한 꽃 뿌리로 내리는
봄날

아파트 숲의
안개를 걷어내는 잔 햇살에
여윈 가슴 드러내고
부끄러운 눈빛 들어

오늘은, 저 하늘 끝
땅 깊은 고향 찾아가
유년의 우물 속
가만히 들여다 보며

귓불에 속삭이던
어머니 음성같이

맑디맑은 심혼의 꽃

한 번은
피워야 할 생명이리

아기 꽃

긴
아픔 끝

간밤
비안개 젖어
한 줄 일어서는
어리광

입하

저문 길
청솔 연기
자욱한 토담집

타는
풋보리밥 내음

번지는
산자락 끝

내 시장기 같이
떠오르는
초생달

전언

오신다는 말씀도 없이
멀리 가셨어요

편지 올까
기다렸지만

고추잠자리
싸리울 너머
지우는 이름처럼

가을꽃만
서릿길에 이웁니다

소극笑劇

볏섬 넉넉한
멍석머리
배부르고 등 따시면
그만이지

말씀으로야 세상사
그렇고 그렇겠지만
한 손 들어
구름 제껴 보면

저 놀
허릿바람도
풋보리 알갱이
설움 씻던
강물 뒤척이고

척박한 땅
깊이깊이
아른 숨결 다져

뭉그러진
열 손가락 끝
그 핏줄 당겨왔지

바다에 서면

열망으로
파도를 일으켜 세우고
해도를 밝히는 흔듦으로
풍어기의 돛을 올린다
거스르고 거슬러
창망한 수심의 물모롱 돌면
싱그런 물빛
투망하는 그물에 꼬눠는
꿈 같은 물길도 보인다
우린 또 가슴을
있는 대로 펴 보이며
그물을 펴기로 한다

진달래

띠앗 집 언놈이
떠나던 날
사당집 순년이
눈물 감추던
고갯길

풀잎에 묻어 둔
순년이 가슴
타고 타서
저리도 흐진한
진달래로 붉었을까

해마다
산 너머 울어 녹은
뻐꾸기 마음도
아픈 이슬로
맺혔다

갯가

겹겹의 어둠 벗겨 내고
꿈꾸는 바다에서 돌아온
낡은 어선 두엇

근한 뼈마디
갯목에 풀어놓고
아침 산의 구름 걷어
눈썹에 얹는다

술렁이는 햇살에 다시
얼굴 닦아낸
민들레 꽃밭이 보인다

갯벌에 거득한 바닷소리
갈숲에서 깃을 터는
새들의 그물질 소리

높직한 바람에
돛을 올리고

다시 한 생애를 접은
발자국 소리 들린다

빼꾸기

산
산산산 산 산산산
산산
산
산을
다 비워 낸
봄을 보았느뇨
그림자를 보았느뇨
봄 내
한 마리
빼꾸기

전라도 빼꾸기

금남로
골목 밖에
피묻은
고무신 한 짝
저 임자
어디 갔노

삼백육십오일
그리고
일곱 해를
한강 모래펄에
앉아
울고 울고……

내
목숨 끊기거든
대숲에나 묻어놓고
바람 부는 사연을
전해주시게

목을 빼고 앉아
울고
또 울고……

돌

누
세월
단,

하나

완벽에
이르는
고요

겨울 바다에서

우리들 손끝으로
새들은 날고
칭얼대던 내 아이들도 자라
어른이 되어 떠났다

우레 소리 밀려드는 파도
내 마음 모두
바다 속에 털어주며
실타래 풀어내던
짧은 머리의 계집아이도
겨드랑을 빠져난다

지금은 눈보라의 겨울밤
언 피를 녹여 발바닥에 모으고
다시 바다새를 불러들이는
이 땅 끝에
잠들지 못하는 눈을 뿌리로 심는다

다시 우리들의 손끝에

아이들이 매달리고
계집아이가 자라 여자로 다가설 때
이 겨울의 노랫소리
눈보라가 되어 바다를 쓸 것을

생목이고 싶어라

생목으로 서 있고 싶어라
저 빈 산
혼자서라도

높은 벼랑을 밀고 올라가
한 가닥 물줄기라도 찾으면

모든 시간을 일깨워
내 어깨에 올려놓고
하늘 우러러 받치고 싶어라

속 깊은 데로 뿌리하는
나이테 앞에
숨결마저 새기고 싶어라

아무도 흔들 수 없는
생목이고 싶어라
저 빈 산
혼자서라도

목련

옥양목
옷고름 풀어
첫 이슬 씻은
속내

달빛 감추고
온
누님

생명

천한 목숨 따로 없는 것
귀한 생명도 따로 없는 것
모자란 생명도 따로 없는 것
목숨을 지키며,
부끄럽지 않게 있다가,
다시 돌아가는 것
다시 오는 것
그 자리에 영원하게 있는 것

강아지 풀

시멘트 옹벽에
강아지 풀 하나

찬 돌방
회초리 바람의 세월
큰 기침으로 자랐는지

거듭 삼 년이 흉년
풋보리 댓말쯤 이고 넘던
그 머리로 서다니

자즈러질 듯
온몸 흔들어 대며
종일 하늘 떠받치고 있잖은가

3부

무등산에 와서

딸의 그림

차디 찬
창
불어 만든 종이짝에
그림을 그렸네

네 나이만큼의
산이 여섯 개
반짝이 더불어
풀내까지 풍기누나

봄은 벌써
네 몸에 다가와
출렁여 넘쳐나고

산새며 나비
어디서 숨이 가쁜지
가다가 멈췄구나

가슴 설레인

겨울 뜨락
어김없이 피는 꽃들
숨어 있음도 알아야지

무등산에 와서 1

봉우리 넘어
봉우리
봉우리마다 만나는
갈꽃

금남로
매운 눈물로 적시던
누이들의 속살은 흐드러지는지

영산강
섬진강
여울목에 가슴 풀던
저 달

황국으로 솟아서
무등의 풀무간 쇠 달구듯
이글이글 타오르는지

무등산에 와서 2

무등
골 깊은
가슴마다
억만송이 진달래
붉게 붉게
물들어 있더라

무등
산협
뻐꾸기도 울어
천리 밖
고인 눈물
흐르는 강도
목이 쉬어
울더라

무등산에 와서 3

나 혼자
무등산에 와
술잔 비운다

술잔에 으스러진
그믐달 떠 있다

하늘 깨지던 저녁
가슴 찢겨
죽은 이
하얀 갈비뼈 떠 있다

부엉이 우는
저 골짝
어드메 묻혀 있을
아우

눈물나는
이 가을밤
어찌 또 울어 샐까

옛날에

풀 꽃 이름 외다가
누이는 잠들고
시오리
장길 어머니,
옥양목 달빛으로 내리셨는지
앞 산 다 지워버린
부엉이 울음

보릿재

풋보리 알갱이
눈을 감으면
설움 씻던 강이 보인다

오늘이 바로
보릿재 아득했던
찔레도 맵게 내리고

생각은 속 깊게
뜸부기 앉은 숲에서
깃만 들어 올린다

한 귀 놓고
한 눈 뜨는
달밤

이 가을에

콩꽃 속에
울 엄니,

깨꽃 속에
울 할매,

저
청봉자락
어디어디
계십니까

가을 산

구름 걷어내고 나면
뿌리 밑까지 붉던
숨결이며 눈물이며
살아온 한 때도
환히 들어다 볼 수가 있다
수줍은 웃음기쯤
지나온 시간 별것 아님을
고요롭게 눈감아 받아 넘겨,
산속에 가득 펼칠
비와 구름과 바람
강바닥 미어지도록
다시 살 내일의 산에
그 채비를 맡기고 싶다

그리운 너의 이름

볕 좋은 날
거리에 나와
그리운 너의 이름 부르면
골목 안 닫혀진 창 모조리 열리고
다시 그리운 너의 이름 부르면
잎 털고 서 있던
가지 끝은
여린 손가락 펴들고
흩어진 새떼들을 불러 모으고 있다
로타리 군중 뒤에서
또 다시
너의 이름 부르면
수많은 얼굴이
함께 뒤돌아 보네

세월

— 시인에게

가을에
한송이 또 한송이
꽃이 지면
시간이 없습니다

봄부터
생몸을 앓으며
여름 한낮
찬란한 꽃
정연한 몸짓을
이룰 때까지의
시간이었습니다

겨울은 잠시 밀려오는
파도 같아서……
가슴을 풀고
수심 깊은
우리들 침묵을
깨워야 했습니다

오히려
영원하다는 것도
어둠 속 죽음 속에서
건져 올려야 했습니다

시인이여
두고 갈 것은
다만
몇 개의 꿈을
열리지 않은 포장 속에
둘 일입니다

시간이 없습니다

섬진강

지리산 구비구비
산 뿌리 다 적시고
흐르는 강

새벽별 푸른 숨소리
청청한 솔잎
밝은 햇살 띄워

초승달 그늘
새득새득 박꽃 지붕
소창에
얼개빗 참빗
삿갓머리 족머리
그리메 드리우고

징소리 북소리
장고 꽹과리
모아 울던 강

풋보리밭
누님의 백옥 손끝
핏빛
허기에 잦아진

평사리 대숲에

칼바람 모여
서산 노을 쉽게
지우던
찬비 속 그 강

등꽃과 부처

김천 직지사
오월
천불전
일천 부처
향촉 다 지우고
뜰에 내려
숭어리 숭어리 피운
등꽃
먼 바람 길
중생
별빛보다
푸른 이마 짚네

에라 쯔쯔 못난 자슥아

황홀한 잡것들하고 놀면서
황홀한 잡것들 논하는 너도
잡것이지
잡것 알고 노는 저도 잡것인 줄 알면서
잡것이란 말 앞에 형용사 몇 줄 놓았다고
고고할 텐가
천하에 제일 잡것이
엠병할 이 잡것이
시도 되고 밥이 되더냐
더러운 잡것아
시인이란 이름 아래
치사하고 졸렬하고 천박하고
온갖 몸짓 다하면서 웬 잡것 타령인가

시詩

상처를 사랑하면 꽃피듯 생살이 돋나요
죄를 사랑하면 절망 끝에서 꽃이 피나요
어둠을 사랑하면 별이 되나요
죽음을 사랑하면 죽어도 다시 살아나나요
슬픔과 고통을 사랑하면 웃음이 되나요
불의를 사랑하면 정의가 되나요
거짓을 사랑하면 진실이 되나요
늙음을 사랑하면 고목에서도 열매를 얻을 수 있나요
기다림을 사랑하면 기쁨이 오나요

그 모든 것들을 사랑하면 시가 피나요
어머니,
먹구름과 천둥
사랑하면 비꽃이 피나요

폐교

옥양목 커튼
새하얗게 내려진
폐교 지나
초승달 다 내린
외진 산길
바람
저만치
집집마다
저녁 등 켜고
돌아오는
나리꽃

황소

폭염 속
억새풀 한 짐 베어
작두 앞에 부린다
마당귀를 돌아나온
바람 한 점
작두 앞에 주저 앉는다
시뻘건 칼날에
억새와 바람이
함께 잘려
외마디 비릿한 노을 뒤에서
황소는
말없이 왕눈만 굴린다

혜화동 로타리

혜화동 로타리
국화 몇 송이 피어 있고
고가로 위에서
숲을 잃어버린
비둘기 몇 마리 비행을 멈추고
토요일 오후의 햇볕을 쪼고 있다
새빨간 젊음이
치솟던 분수대
태엽 풀린 벽시계처럼 멎어 있다

7월 8일

이제 곡기조차 끊으시고

내미는
여윈 손
따뜻한 체온

미안합니다
미안합니다

집 보는 아이

툇마루에 앉아
턱 고이고
먼 산봉우리에
구름떼를 방목하던
아이,
가을볕
추녀 끝에 내려서서
늙은 감나무 사이
장대를 세운다
낙락 가지에
까치밥 서넛
바람 끝에 털리는
노을

어머니 1

이슬
아침
밤 사이 한사코
울 너머 뻗어 나간
호박순
안으로 안으로 걷어 들이시며

"애야,
 사립 두고
 울 넘지 마라"

타이르시던
어머니

어머니 2

달 그리메
뒤란
물레
희잣에 흘러
한타래 눈물 깊던
세월
실꾸리에 감던
어머니

도라지꽃

갈안개 설핏한
해질녘 외진 산길
돌비알 틈삭
홀연
보라 하얀
도라지꽃
가는 허리에
솔바람 달빛 모여
가을밤 세우는 기도
창창한
도라지 꽃대궁

이중섭

산은
백두대간 험한 준령

소는
고삐 없는 황소

꽃은
맵게 내리는 찔레꽃

아희는
물고기와 노는 벌거숭이

나무거나
구름이거나
꽃이거나

생전
호구지책도 못한 그림들

억 억 억 하는데
하늘 정수리
새
이마 위 똥 누고 지나가네

바람 부는 날

임진강
갈대숲에 들어가 보거라

바람 부는 날
섬진강 솔숲을 지나가 보거라

바람부는 날
무등산 대숲에 서 보거라

뭐라 하능가
들어보거라

산 번지

바람벽에 등을 대고
어둠 속
하늘에 별을 보았습니다
어둠을 깊이 사랑하면
별이 될 수 있을까
기도하였습니다

봄날

씨 몇 낱
묻어둔
볕 좋은 뜨락

비 지나가고
바람 스쳐간 뒤

초랑한 눈매
저들끼리
볼 부비고
등 토닥이는
저 자그만 몸짓

니, 나랑 살자
소곤대고 있다

배가 부르다

밥이 궁한 시대에 태어나
밥이 흔한 시대까지

이쯤에서
세월을 챙겨 쌓으니
배가 부르다

6월 산

비 그치고
초록 짙어
먼저 산에 드니
소반에 올린
햇차
맑게 우려 드시고
시름 벗어놓고
뒤 오시게

60년 아침

아내가
손마디 굽도록 닦은
놋식기 놋대접에
보송보송 담은 밥
쇠고기 미역국
따뜻한 아침을 맞습니다
이적지 무병무탈했으니
감사하다고
남은 생애도 그러라고
수줍게 살짝
윗니 드러내 보입니다

바람풀이

너 이제 등짐을 풀었구나
생의 비탈에 오래 떠돌았을 바람이 고삐를 느슨하게 풀고 있다

그 사이 똘개 감꽃이 핀다

■ 해설

사이의 미학

황 정 산(문학평론가 · 대전대교수)

송명진 시인을 생각하면 항상 '멋'이라는 말이 떠오른다. 그는 멋을 좋아했고 멋을 알았고 멋을 만들어내기도 했다. 그가 오랫동안 정성을 기울여 만들어 온 『정신과 표현』은 누가 뭐라 해도 가장 아름다운 잡지가 아닌가 한다. 비싼 인쇄와 고급스러운 종이를 사용해서 그런 것은 아니다. 잡지의 주간을 맡은 그가 사진 한 장의 위치를 바로잡거나 글자체 하나를 바꾸는 것만으로도 다른 잡지와는 구별되는 새로운 멋을 만들어 냈다. 그뿐 아니라 시장에서 싸게 구입한 옷에 그가 단추만 바꾸어 달아 입고 나타나도 훌륭한 패션이 되곤 했다. 음식 또한 마찬가지이다. 평범한 찌개나 전골도 그가 소금을 넣어 간을 맞추거나 옆에 있는 풋고추를 분질러 넣는 것만으로 전과는 전혀 다른 맛을 냈다.

이렇듯 그의 멋은 비싸거나 사치스러운 것과는 거리가 멀다. 그의 멋은 평범한 것들의 관계를 다시 바로 잡는 것에서부터 나온다. 다시 말해 그는 사물과 사물들의 사이를 아는 것으로 멋을 부린다고 말할 수 있다. 그런 그의 멋부리는 것을 보고 있으면 "간을 맞춘다"는 말의 '간'이라는 글자가 사이 간間자에서 온 말이 아닌가 생각될 정도이다.

이런 일도 있었다. 『정신과 표현』 편집진들이 함께 거문도 등대에 취재를 간 적이 있었다. 도착해서 모두 함께 기념촬영을 했다. 디지털카메라를 가지고 간 내가 사진을 찍었다. 등대와 바다와 먼 섬들을 배경으로 하는 멋진 사진이었다. 하지만 카메라에서 사진을 확인하던 송명진 시인이 다시 찍어야 한다고 말하는 것이었다. 그러고는 사람들의 배치를 조정해 준 다음 다시 찍은 사진은 완전히 다른 느낌이었다. 단지 찍힌 사람들의 위치만을 바꿨을 뿐인데 말이다.

이렇게 송명진 시인은 사물과 사물들, 사람과 사람들 사이의 배치와 관계를 알았던 사람이다. "사이의 미학" 바로 이것이 송명진 시인이 가진 멋과 예술의 요체가 아닐까 생각해 본다.

그의 시를 통해 그 미학의 세계를 가늠해 보자.

> 꽃잎과 꽃잎 사이의 거리다
> 물소리와 물소리의 틈이다
> 햇살과 바람이 사이든 물고 물리는 관계식이다
> 잠재한 힘들의 반응 속도다
> 큰일을 치른 작은 것들의 아픔이다

뿌리 들지 못해 떠난 것들의 변명이다
너와 나를 끊어놓은 순간의 울림이다
툭툭 끊어진 것들이 모여든 명상이다
흘러 새어 나온 것들이 밝힌 세상이다
다 하지 못한 말의 틈새다
금간 것들이 비집고 나온 연민의 소리,
쨍하는 소리의 깊이다

–「금이 가다」 전문

시인은 금이 가다는 말을 통해 존재와 존재들 사이의 거리, 즉 틈을 말하고 있다. 그런데 우리 모두는 이 틈을 무시하기 십상이다. 다른 사람을 사랑하고 다른 존재를 이해할 때 우리는 너무도 쉽게 하나가 되었다고 말한다. 유대는 곧 통일이고 이를 통해 하나의 존재로 함께하는 것이 최상의 가치인 것처럼 우리는 생각하기도 한다. 그렇기 때문에 틈새가 있는 것을 두려워한다. 금이 간다는 것은 곧 보존해야 할 가치가 깨지는 것이고 그것은 고통의 순간이 된다.

하지만 사물과 사물, 사람과 사람, 존재와 존재들 사이의 관계를 알기 위해서는 사실 먼저 그 틈을 이해하는 것이 선행되어야 한다. 송명진 시인은 바로 그 틈을 이 시에서 말하고 있다. 이 틈은 분리되고 찢어지는 것들의 아픔과 연민을 보여주는 것이기도 하지만 동시에 각각의 존재가 드러내는 방식이기도 하다. 이 틈이 생김으로

써 사물에 내재하는 힘이 드러나고 그 존재의 깊이가 느껴지는 것이라고 시인은 생각하고 있다.

이런 사이에 대한 인식은 꼭 존재들에 대해서만 가능한 것은 아니다. 송명진 시인은 시간에 대해서도 그 사이를 들여다보기도 한다.

햇살이 겨울바다를 거실 한가운 데까지 실어나른다
거실을 성큼성큼 걸어다니다 난분의 잎새를 사각형의 그림액자를
힐끔거리다 겨울 허전한 허리를 껴안는다
그 여자, 지난 가을 비워낸 자리마다 몇 개의 말줄임표를 달았을까. 아물지 않은 상처 위로 겨울 눈빛이 형광의 지느러미를 세운다
가끔은 시도 때도 없이 추위를 타지만 야릇한 웃음꼬리 흔들며 달려오는 저 노란색 봄을 보면,
그 여자, 아랫목이 데워질 수 있을까

―「겨울에서 봄」 전문

겨울과 봄 중간에 사이가 있다. 그런데 우리는 그 사이를 별로 생각하지 않는다. 그냥 겨울이거나 봄일 뿐이다. 하지만 시간은 사실 사이이다. 완전한 봄도 완전한 여름도 없다. 시간이란 그리고 그것의 구체적 경험 형태인 계절이란 실제로는 어디서 다른 어디로 가고 있는 사이일 뿐이다.

그리고 인간의 욕망은 그 사이에 존재한다. 위 시에서 '그 여자'는 추위를 타는 현재적 조건에서 노란색을 꿈꾸고 있다. 하지만 그 노란색의 봄은 사실 오지 않는다. 아니, 오지만 우리는 그것을 완전한 모습으로 만끽하지 못한다. 그 시간이 오면 또 다른 기다림이 놓여있기 때문이다. 이렇듯 시간이란 욕망과 욕망의 틈이고 사이이다.

그런데 이런 욕망의 틈은 어떤 모습으로 나타나는 것일까? 다음 시가 이 점을 아주 감각적으로 표현해주고 있다.

> 제 쪽을 닫고 너에게로 가는 길을 여는 것이리라
> 가슴 맞댄 아침을 위해 어둠 몇 잎 허공에 띄우는 일이리라
> 저를 버린 자리에 제 스스로 흘러드는 즐거움이리라
> 맑아지기 위해 중심을 내린 휴식이리라
> 그것은, 떨림이 아니라
> 이유도 없이 홍건해지는 바람의 건드림이리라
> 달려가 닿고 싶은 짧고 긴 여운이리라
>
> −「흔들리다」 전문

다른 한 존재에 다가가기 위한 설렘과 그것의 어려움을 말하고 있는 시이다. 흔들린다는 것을 다른 존재에게로 나아가기 위한 움직임으로 표현하고 있다. 그런데 왜 흔들리는 것일까? 한 존재가 다른 한 존재에로 가 닿는

것이 쉬운 일이 아니기 때문이리라. 다른 존재에 가 닿는 것을 이 시에서는 "가슴 맞댄 아침"이라든가 "저를 버린 자리에 제 스스로 흘러드는 즐거움" "맑아지기 위해 중심을 내린 휴식"이라고 말하고 있다. 아름답기도 하고 고매하기도 한 정신이다. 하지만 거기에 도달하기는 불가능하리만치 어려운 일이다. 그래서 시인은 결국 그러한 움직임이 "긴 여운"으로만 남으리라 생각하게 된다.

이렇게 끝없는 흔들림으로만 존재하고 결코 서로 하나가 될 수 없는 존재들 간의 사이를 다음 시는 이렇게 말하고 있다.

이곳은숲이고그곳은모래다
이곳은꽃이고그곳은상처다
이곳은향기고그곳은냄새다
이곳은빛나고그곳은녹슨다
이곳은비우고그곳은채운다
이곳은열리고그곳은닫힌다
이곳은환하고그곳은어둡다
이곳은몸이고그곳은말이다

이곳과 그곳이 자꾸만 멀어진다
사이를 띄운다

–「이곳과 그곳」 전문

물론 이 시는 '몸'과 '말' 사이를 이야기하고 있다. 몸은 존재의 실재적 진실이라면 말은 거기에 부과된 이데올로기적 관념일 것이다. 말은 결국 이 모든 몸들의 어둠이고 황폐화이고 낡은 형식이고 또한 억압이고 구속이다. 그리고 우리가 사는 모든 삶의 현실은 자꾸만 멀어지는 이 둘의 사이에 존재한다.

그런데 이러한 간극은 존재와 존재들 간에도 그대로 적용된다. 한 존재가 몸이면 한 존재는 말이 된다. 나는 다른 한 존재를 몸으로 받아들이고자 하지만 다른 한 존재는 나를 말로 확인하고자 한다. 거기에서 인간과 인간의 틈이 벌어진다. 사실 모든 인간들 간의 갈등과 괴리는 바로 여기에서부터 나온다고 할 수 있다.

그 괴리를 송명진 시인은 다음과 같은 어둠의 이미지로 그리고 있다.

> 오래 오래 들키고 싶지 않아 기억의 풍경을 지우는 일에 몰두했다 이글거리는 자신의 아랫목을 식히는 일이란 애초부터 소용없는 상상인지 몰라, 어둠을 밀어내면 거기 또 어둠이 웅크려 있다
>
> 문득 생각해보니 잠시 머물렀다 온 풍경은 어둠속에 더 밝아져 지워지지 않는다
>
> 하나같이 어둠이다 문을 열고 낯선 바람을 맞던 아침도 환하게 눈부시던 한낮의 밀애도 다시 터벅터벅 돌아온 저녁 풍경도 어둠의 일부였다

따사로운 햇살도 어둔 망막의 은밀한 곳을 밝히지 못한다

—「어둠 속에 들다」 전문

기억의 풍경을 지운다는 것은 타자와 함께하는 자신의 모습을 망각한다는 것이다. 그것은 다시 말하면 다른 존재의 기억을 없애는 것이다. 시인은 그러한 모든 것들을 지우고 절대적인 어둠 속에 빠져들고 싶어 한다. 다른 존재가 가져 오는 빛이 자신의 존재를 근원적으로 밝히지 못한다고 느끼기 때문이다.

이는 사실 상당히 절망적이고 퇴폐적인 인식이기도 하다. 그렇다고 송명진 시인은 항상 이 어둠에만 붙잡혀 있는 것은 아니다. 이 사이를 줄이고 이 사이를 건너기 위한 노력 역시 그는 시적 형상화로 보여주고 있다.

새떼들이 수면 위로 쨍하고 햇살의 금을 그으며 걷고 있다

밀물진 시간의 그늘 아래 젖은 방을 마련하고 한겹 단단한 시간을 벗겨내 눈 맑아지는 법을 안다. 숨어 사는 것은 새가 아니라고

순천만 갈대숲에는 빛도 어둠도 하나 같이 귀를 쫑긋 세운다

소리 맑다

고요할수록 가벼워지는 소리의 안쪽으로 걸어 들어가는 사람들,

건너지 못한 소리의 물길 따라 날아오를 수 있을까

그러면 칠면초 낯 붉은 그대 안에 숨어사는 나도, 낡은 비
유의 그림자 버리고 햇살 따스한 소리로 부화해 볼 일이다
-「갈대숲에 들다」 전문

갈대숲에 드는 것 역시 어둠에 드는 일이다. 그러나 그 어둠은 위의 시에서 말하는 어둠과는 다르다. 어쩌면 반대되는 행위이기도 하다. 앞서의 어둠은 타자의 존재를 지우는 행위이다. 하지만 갈대숲에 들어 느끼는 어둠은 적극적으로 타자들을 만나기 위함이다. 갈대숲에 들어가 일부러 어둠을 맞이하는 행위를 통해 시인은 다른 존재들을 감각적인 구체성으로 다시 맞이하게 된다. 그렇게 해서 말이 가진 "낡은 비유의 그림자를 버리고" 생생한 모습으로 다른 존재들을 받아들이게 된다.

어쩌면 송명진 시인이 자신의 작품은 발표를 하지 않으면서도 다른 많은 시인들이 시를 발표할 아름다운 잡지를 만들어내 왔던 일이 바로 이 갈대숲에 드는 일이 아니었을까 생각해 본다.

오늘은
구름의 집에서
귀를 열고
눈을 씻고
땅의
바람소리 물소리

고요히 읽다
저 노을 끝에
사다리를 걸었습니다

－「꽃 2」 전문

송명진 시인의 사이의 미학이 그 아름다움을 가장 크게 발현하는 것은 자연을 바라볼 때이다. 바람소리 물소리를 읽는다는 것은 자연 속에서 영원한 조화와 완벽한 세계상을 구하는 전통적인 강호가도의 세계관과는 차별성을 갖는다. 읽는다는 행위는, 자연 속에 침잠해서 선험적으로 자연의 질서에 함께하는 것이 아니라 사라지고 멀어지고 있는 자연의 기미를 애써 찾아가는 행위이다. 그것은 마지막 행의 "사다리를 걸었습니다"와 연결된다. 멀어져 있고 벌어져 있는 자연과의 사이를 좁히려는 적극적인 행위를 통해 시인은 인간사에서 이루어진 어두운 간극과 사이의 틈새를 메우고자 했다고 할 수 있다.

다음 시도 마찬가지이다.

물 속 마을에는 비맞고 추한 기억도 맑아지나 봅니다
사람들은 물 속으로 길을 내어 맑게 씻긴 풍경이 되려 물 속에 듭니다

－「비오는 날」 전문

시인에게 있어 비오는 날이 아름다운 이유는 그 안에 모든 것들이 길을 내기 때문이다. 자연과 혼연일체로 하나가 되는 것을 시인은 꿈꾸지 않는다. 그것은 별을 보고 항해하던 시대에 가능한 일원론적인 세계관이다. 이미 세상은 그런 사고가 지배하는 곳이 아닌 지 오래이다. 이럴 때 할 수 있는 하나의 방법이 바로 사물과 사물들, 사람과 사람들 사이에 길을 내는 것이다.

달 그리메
뒤란
물레
희잣에 흘러
한타래 눈물 깊던
세월
실꾸리에 감던
어머니

—「어머니 2」 전문

이 시는 물레를 잣는 어머니를 통해 세월의 간극마저 봉합하고 있는 모습을 그리고 있다. 물레질은 끊어진 실을 이어 감아나가는 작업이다. 어머니의 삶이 바로 이러한 끈질긴 인고의 삶이었다는 것을 말하는 것이기도 하지만 또 한편으로 보면, 이 시는 시간의 분절들을 이어나가 하나의 완성된 삶으로 만들어가는 아름다운 모습을 어머니를 통해 발견하는 것이기도 하다.

삶을 한 꾸러미의 실타래로 파악한 시인의 인식이 약간은 상투적이라는 생각이 들긴 하지만 앞서 설명한 그의 사이의 미학을 생각해 보면 그저 상투적인 것만은 아니다. 분절된 시간으로만 우리는 시간을 느끼고 사유한다. 그리고 그 분절된 시간 속에서 떠오르는 존재들의 기억을 그 존재의 실체라고 간주한다. 거기에 관념의 왜곡과 존재 간의 틈이 생겨나는 것일 게다. 시인은 실꾸리에 실을 감는 어머니의 행위를 떠올리며 시간의 연쇄 속에 살고 있는 존재들의 삶의 연속성을 다시 인식한다. 그것은 바로 벌어진 틈을 메우고 사이가 열어놓은 어둠의 간극을 메우는 지난한 과정이기도 하다.

> 너 이제 등짐을 풀었구나
> 생의 비탈에 오래 떠돌았을 바람이 고삐를 느슨하게 풀고 있다
>
> 그 사이 똘개 감꽃이 핀다
>
> ―「바람풀이」 전문

자신의 죽음을 예견한 것 같기도 한 이 시는, 앞서 설명한 지난한 간극 메우기 과정을 마친 심정을 노래했다고 해석할 수 있다. 바람과도 같은 세월과 그 세월이 거쳐 간 수많은 사이와 그 사이의 간극과 고통들을 내려놓

자 획득된 것이라고는 "똘개 감꽃"이라는 하찮은 것이다. 아름답지도 쓸모 있지도 않은 그저 눈에 띄지 않는 존재의 모습이다. 시인은 이런 똘개 감꽃이 되어 열매를 맺기도 전에 지나가는 바람에 조용히 떨어지고 싶어 한다.

이렇게 모든 것을 벗어버리고 도달한 심정을 시인은 다음과 같이 노래하고 있다.

> 도솔천궁이 여기 있나이다
> 비로자나불 석가불 노사나불 약사불 아미타불
> 연초록 말씀으로 진리를 깨우치면
> 관음자장 미소로
> 삼생을 살아 도솔천에 닿기까지 오랜 기쁨입니다
>
> 돌아돌아 나무였다면 연초록 진리였을 것이고
> 돌아돌아 바람이었다면 유혹의 바람이었을 것이고
> 돌아돌아 소문이었다면 반 천 년의 묵언이었을 것입니다
>
> 돌아돌아 이리도 가벼운 존재, 그게 나일 줄이야
> 세상사 조용히 흐르는 나무이거나 바람이거나
> 마음의 풍경 속 착한 미소 되어
> 마음의 휑한 곳 죽비 내립니다
>
> –「착한 미소」 전문

"돌아돌아" 여기 왔다는 것은 많은 사이들, 존재들 간의 간극을 지나왔다는 것이다. 그것은 진리고 바람이고

묵언의 과정을 거치는 것이기도 하지만 사실은 그 어느 것도 아닌 단지 '나'일 뿐이라고 시인은 자각하고 있다. 그리고 그것을 깨닫는 순간 시인은 관음자상의 착한 미소를 떠올린다.

하지만 이러한 순간이 정말 있으리라고 시인이 믿었을 것 같진 않다. 우리 스스로가 관음보살이 되지 않는 한 그 순간을 느낄 수는 없겠기 때문이다. 어떤 경우에도 사이의 간극을 메울 수 없다는 것을 송명진 시인도 우리도 모두 잘 알고 있다.

바로 이런 것이다. 송명진 시인은 갔지만 우리는 아직 여기 남아 있다. 그 간격은 어떤 착한 미소로도 이 세상에서는 지울 수 없을 것이다. 그리고 딱 그 간격만큼 우리가 슬픔을 느낀다면 그것이야말로 가장 정직한 감정일 것이다. 모두가 착한 미소를 띠고 있는 그런 세상에서 그가 다시 살고 있기를 바랄 뿐이다.

시인 송명진

1947년 전남 광양에서 태어난 송명진 시인은 상경 전, 향리 여수에서 예술문화의 중심에서 활동했다.

1985년 〈한국문인협회〉 여수 지부장에 취임하여 이듬해 제26회 한국문인협회 심포지엄을 여수에 유치, 지역문학 활성화에 힘썼다.

1986년『월간문학』과 1988년『예술계』에서 본격적인 문단활동을 시작했고, 1989년에는 서울 혜화동 53번지에서 도서출판『혜화당』을 설립하여 문화출판을 시작하였다.

1997년 6월16일 격월간『정신과표현』을 창간하여 파격적이라고 할 만큼 격조 높은 표지의 문예지에 현장화가들의 그림, 사진 및 공연예술(춤, 연극, 영화, 음악 칼럼)을 함께 아우르는 독창적이고도 총괄적인 종합문예지로 정착시켰다.

2006년 예술인의 사랑방이자 갤러리인 카페 〈리몽〉을 열어 시화전, 미술전시회, 시낭송회, 출판기념회 및 시인포럼 세미나를 위한 무대로 문화예술의 공간을 제공하였다.

2008년에 〈한국시인협회〉 이사로 선임되어 그해 11월 여수에서 열린 전국시인대회 〈바다가 시인을 부른다〉를 추진, 고향인 여수에 문학의 활기를 불어넣는 중추적 역할을 하였다.

2010년 1월 8일 갑자기 찾아온 병마와 싸우다가 통권 76호『정신과표현』의 발간을 사흘 앞두고 영면하셨다.